@infinity6ix

卷三

解救花店危機

SAGEBOOKS
HONGKONG

時間：太古

地點：遠方……星空……

一個星睡下去了。

然後……

一個、一個…… 其他的十七個星也就都睡了。

星空、地球，都在等……

……等他們再醒過來。

cún měi
存美

能用心力
移動物件

who's who

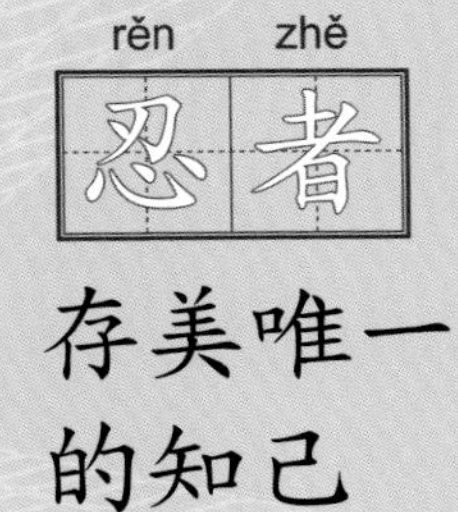

rěn zhě

忍者

存美唯一的知己

huā jīng lǐ

花经理

花店的老板

時間線 TIMELINE

存美幫助
花經理畫圖

小毛球
大鬧蛋糕店

治言
追蹤米藍

Teddy的速可達
不見了

存美發現有
兩部速可達

治尚遇見
黃道和忍者

存美借用治言的
速可達

Teddy懷

治尚

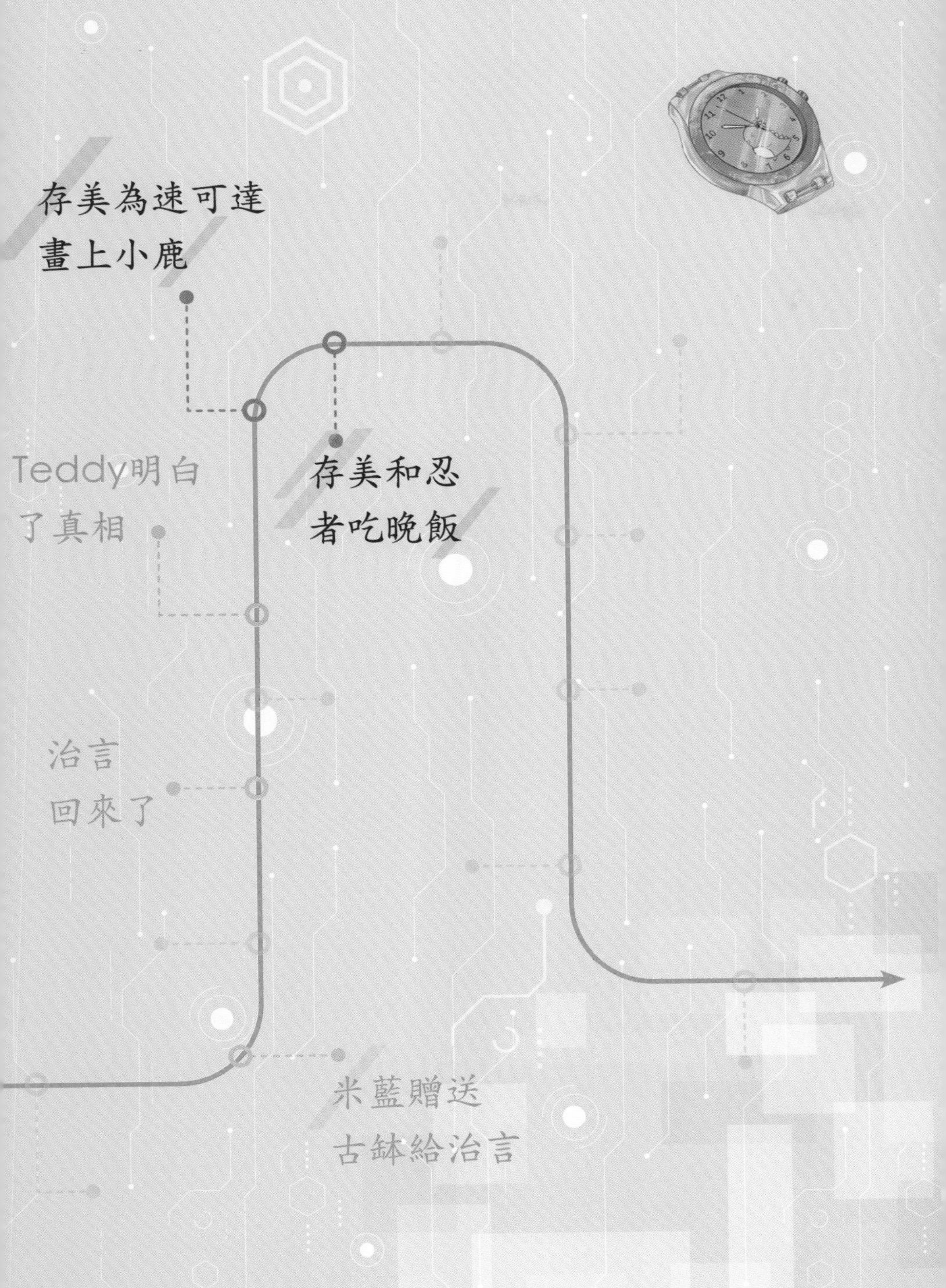
存美為速可達
畫上小鹿
Teddy明白
了真相
存美和忍
者吃晚飯
治言
回來了
米藍贈送
古缽給治言

第壹章

jiē dào liǎng páng diàn chuāng

街道兩旁，店窗

hé lù dēng shǎn zhe bù tóng yán sè

和路燈閃着不同顏色

de guāng

的光。

mǎ lù shàng chuān lái guò qù de
馬路上穿來過去的
chē dēng shǐ zhè dū shì de yè wǎn
車燈，使這都市的夜晚
biàn de gèng rè nào le
變得更熱鬧了。

cún měi gào bié le bǔ xí zhōng
存美告別了補習中
xīn de tóng xué men yī gè rén màn
心的同學們，一個人慢
màn de zǒu lù huí jiā
慢地走路回家。

tā píng cháng
他平常
hěn shǎo hé bié rén
很少和別人
shuō nà me duō huà
說那麼多話。
jīn tiān hé jǐ gè
今天和幾個
tóng xué yī qǐ jiā
同學一起，加
shàng de
上 Teddy 的
rè qíng tā gǎn dào yǒu diǎn
熱情，他感到有點

lèi le

累了。

huí dào jiā lǐ bà bà hé

回到家裏，爸爸和

píng cháng yī yàng yào jiā bān gōng

平常一樣，要加班工

zuò hái méi huí lái

作，還沒回來。

cún měi shǒu xiān xǐ le yī diǎn

存美首先洗了一點

shēng cài gěi tā de wū guī chī rán

生菜給他的烏龜吃，然

hòu zì jǐ

後自己

bǎ zhōng wǔ

把中午

de fàn cài

的飯菜

rè le zuò xià hé wū guī liǎng gè

熱了，坐下和烏龜兩個

miàn duì miàn yī qǐ chī wǎn fàn

面對面，一起吃晚飯。

tā yī miàn chī yī miàn xiǎng

他一面吃，一面想：

guò qù zhè gè xīng qī fā shēng de shì
過去這個星期發生的事

shí zài yǒu diǎn gǔ guài
實在有點古怪。

cún měi néng huà de yī shǒu hǎo
存美能畫得一手好

huà zì yě
畫，字也

xiě de hěn piào
寫得很漂

liàng tā měi
亮。他每

xīng qī yǒu liǎng tiān huì dào dàn gāo diàn
星期有兩天會到蛋糕店

lǐ qù bāng máng
裏去幫忙。

dàn gāo diàn chú le mài dàn
蛋糕店除了賣蛋

gāo hái yǒu yī jiān xiǎo chá shì
糕，還有一間小茶室。

cún měi de gōng zuò shì bǎ dàn gāo diàn
存美的工作是把蛋糕店

hé xiǎo chá shì měi xīng qī de tè mài
和小茶室每星期的特賣

piào piào liàng
漂漂亮
liàng de huà
亮地畫
chū lái
出來。

cún měi gōng zuò zǒng shì hěn jìn
存美工作總是很盡
xīn jìn lì tā huà de huà tóng shì
心盡力，他畫的畫同事
hé kè rén dōu xǐ huān dàn gāo hé
和客人都喜歡。蛋糕和

chá diǎn dōu mài de hěn hǎo

茶點都賣得很好。

shàng xīng qī èr cún měi zhào

上星期二，存美照

píng cháng yī yàng dào dàn gāo diàn qù
平常一樣，到蛋糕店去

gōng zuò
工作。

dāng tā wán chéng le gōng zuò
當他完成了工作，

zài shōu shí huà bǐ de shí hòu yǒu
在收拾畫筆的時候，有

rén tuī mén jìn lái le
人推門進來了。

shì hòu jiē huā diàn de huā
是後街花店的花

jīng lǐ
經理。

tā yī jìn mén jiù kū jiào zhe
她一進門就哭叫着

shuō bù dé liǎo la zěn me
說：「不得了啦！怎麼

bàn a
辦啊！」

huā jīng lǐ bù shí huì lái mǎi

花經理不時會來買

dàn gāo dàn gāo diàn de rén yě huì

蛋糕，蛋糕店的人也會

qù tā nà lǐ mǎi huā suǒ yǐ dà

去她那裏買花，所以大

jiā dōu rèn shí

家都認識。

dà jiā bèi tā de kū sù xià

大家被她的哭訴嚇

le yī tiào

了一跳。

fā shēng shén me shì la

「發生甚麼事啦？」

huā diàn bèi rén pò huài

「花店被人破壞

le

了！」

第貳章

dà jiā dōu hěn guān xīn huā jīng
大家都很關心花經
lǐ qǐng tā kuài zuò xià
理，請她快坐下。

wǒ gāng cái yào qù kāi
「我剛才要去開
diàn hái méi zǒu jìn jiù fā xiàn
店，還沒走近，就發現
huā diàn de wài qiáng quán bèi rén tú
花店的外牆全被人塗
wū le zài zǒu jìn yī diǎn
烏了。再走近一點，

jiù kàn jiàn chuāng yě bèi dǎ pò
就看見窗也被打破

le mǎn dì dōu shì huā yɑ shuǐ
了，滿地都是花呀、水

yɑ tā shēng yīn hū gāo
呀……」她聲音忽高

hū dī de shuō wǒ kāi mén
忽低地說：「我開門

jìn qù yī kàn zuó tiān wǒ huā
進去一看，昨天我花

le yī tiān bāo hǎo de huā jīn
了一天包好的花，今

tiān yào sòng gěi kè rén de dà
天要送給客人的，大

bù fèn dōu
部分都
bèi pò huài
被破壞
le
了。」

huā diàn de tóng shì gěi tā
花店的同事給她
sòng shàng shuǐ tā jiē guò hē
送上水，她接過，喝
le yī kǒu tíng le yī xià yòu
了一口，停了一下，又

kū qǐ lái wǒ xiàn zài gāi zěn
哭起來：「我現在該怎
me bàn hái zěn me zuò shēng yì
麼辦？還怎麼做生意
ɑ
啊？……」

yī shí jiān dà jiā dōu yào
一時間，大家都要
bāng huā jīng lǐ xiǎng diǎn bàn fǎ shǒu
幫花經理想點辦法。首
xiān yǒu rén shuō yào bào jǐng jiē zhe
先有人說要報警，接着

yòu yǒu rén shuō zuì hǎo zhè jǐ tiān huā
又有人說最好這幾天花
diàn xiān guān mén bié zuò shēng yì
店先關門，別做生意。

zhè shí cún měi zài yī páng
這時，存美在一旁
yǐ jīng shōu shí hǎo le zì jǐ de dōng
已經收拾好了自己的東
xi biàn duì huā jīng lǐ shuō
西，便對花經理說：

wǒ zhè lǐ de gōng zuò gāng
「我這裏的工作剛

zuò wán le bù rú wǒ gēn nǐ yī
做完了，不如我跟你一
qǐ huí huā diàn ba huò xǔ wǒ néng
起回花店吧。或許我能
bāng nǐ de máng shōu shí yī xià
幫你的忙收拾一下。」

á huā jīng lǐ xīn
「啊？」花經理心
xiǎng xiǎo hái yī gè kě néng méi tài
想，小孩一個可能沒太
dà de zuò yòng kě shì tā yě tài
大的作用，可是她也太

gǎn dòng le
感動了。

dà jiā dōu jué de zhè gè zhǔ
大家都覺得這個主

yì hǎo cún měi píng cháng zuò shì zǒng
意好。存美平常做事總

ràng rén fàng xīn jiù xiàng bàn gè dà
讓人放心，就像半個大
rén yī yàng
人一樣。

cún měi gēn zhe huā jīng lǐ lái
存美跟着花經理來
dào huā diàn mén kǒu zhǐ kàn jiàn
到花店門口，只看見
liǎng gè chuāng dōu bèi rén yòng shí tou
兩個窗都被人用石頭
dǎ pò le wài qiáng cóng tóu dào
打破了，外牆從頭到
wěi dōu bèi tú shàng le gè zhǒng kě
尾都被塗上了各種可

pà de yán sè chǎng miàn shí zài
怕的顏色，場面實在

yǒu diǎn xià rén
有點嚇人。

cún měi ná chū shǒu jī bǎ
存美拿出手機，把

xiàn chǎng de yàng
現場的樣

zi dōu pāi xià
子都拍下

le zhào piàn
了照片。

花經理在一旁，想要清理一下。可是她拾起了幾枝花，又放下了。

她坐到旁邊的椅子上，神情很累。

huā jīng lǐ zì yán zì yǔ de

花經理自言自語地

shuō wǒ zhè jǐ gè xīng qī zěn

說：「我這幾個星期怎

me bàn zhè xǐ dōu xǐ bù gān jìng

麼辦？這洗都洗不乾淨

yɑ tú de zhè me xià rén yǒu

呀。塗得這麼嚇人，有

shéi hái huì lái mǎi huā yɑ

誰還會來買花呀。」

cún měi shàng shàng xià xià zuǒ

存美上上下下、左

zuǒ yòu yòu de
左右右地
kàn zhe nà wài
看着那外
qiáng tā yī
牆。他一
miàn kàn yī
面看、一
miàn xiǎng jìn
面想，盡
lì de xī wàng néng xiǎng gè bàn fǎ bāng
力地希望能想個辦法幫
huā jīng lǐ
花經理。

à yǒu le

啊！有了。

tā zǒu guò qù duì huā jīng lǐ

他走過去對花經理

shuō bù rú qǐng nǐ xiān dào dàn

說：「不如請你先到蛋

gāo diàn xiǎo chá shì qù hē hē chá

糕店小茶室去喝喝茶，

chī jiàn dàn gāo bɑ wǒ lái bāng nǐ

吃件蛋糕吧。我來幫你

qīng lǐ yī xià zhè lǐ shuō bù dìng

清理一下這裏，說不定

děng yī huì nǐ huí lái shí jiù néng zuò
等一會你回來時就能做
shēng yì le
生意了。」

á huā jīng lǐ yǐ
「啊？」花經理已
jīng shén me dōu bù néng xiǎng le tā
經甚麼都不能想了，她
xiǎng lí kāi zhè kě pà de dì fāng
想：離開這可怕的地方
yī huì yě hǎo tā duì cún měi
一會也好。她對存美

shuō hǎo hǎo nà wǒ
說：「好……好，那我

xiān guò qù yī huì er
先過去一會兒。」

jīn tiān de tè mài shì xuě
「今天的特賣是雪

lí piāo xiāng nǐ huì xǐ huān de
梨飄香，你會喜歡的。」

cún měi duì huā
存美對花

jīng lǐ shuō
經理說。

huā jīng lǐ gǎn xiè de duì cún
花經理感謝地對存

měi xiào yī xià xīn xiǎng zhēn shì
美笑一下，心想：真是

gè hǎo hái zi
個好孩子。

第參章

cún měi shǒu xiān yòng yī bǎ dà

存美首先用一把大

sào zi bǎ wài qiáng sǎo le yī céng

掃子，把外牆掃了一層

qīng shuǐ yuán xiān de yán sè hé qīng

清水，原先的顏色和清

shuǐ huà le zài

水化了在

yī qǐ biàn

一起，變

dàn le xiē

淡了些，

kàn qǐ lái jiù

看起來就

méi nà me xià rén le

沒那麼嚇人了。

jiē xià lái tā ná qǐ dà

接下來，他拿起大

huà bǐ zài nà yī piàn dàn huà le

畫筆，在那一片淡化了

de yán sè shàng huà le qǐ lái

的顏色上畫了起來。

shǒu xiān tā wèi qí zhōng yī

首先，他為其中一

xiē lǜ sè jiā shàng le hóng sè

些綠色加上了紅色——

kàn qǐ lái jiù xiàng shì shù zhī le
看起來就像是樹枝了。

jiē zhe tā yòu zài qí tā
接着，他又在其他

de lǜ sè dì fāng jiā shàng le dàn huáng

的綠色地方加上了淡黃

sè kàn qǐ lái xiàng shì gāng zhǎng

色——看起來像是剛長

chū lái de xīn xiān yè zi

出來的新鮮葉子。

rán hòu zài nà dōng yī piàn

然后，在那東一片、

xī yī piàn

西一片

de hóng sè

的紅色

shàng miàn tā jiā le yī céng yòu yī
上面，他加了一層又一

céng de huáng sè lán sè bái
層的黃色、藍色、白

sè kàn qǐ lái jiù xiàng shì kāi
色……看起來就像是開

zhe gè zhǒng bù tóng de xiān huā
着各種不同的鮮花。

jiē xià lái zài jiā shàng yī xiē
接下來再加上一些

dà xiǎo bù yī de xiǎo yuán diǎn shì
大小不一的小圓點，是

gāng xià guò yǔ　tíng zài xiān huā shàng
剛下過雨、停在鮮花上

de shuǐ diǎn
的水點。

ɑ　hái ràng rén gǎn dào
啊，還讓人感到

huā duǒ zài fā chū dàn dàn de qīng
花朵在發出淡淡的清
xiāng yǒu zhǒng shī qíng huà yì de
香，有種詩情畫意的
gǎn jué ne
感覺呢。

huà dào zhè lǐ cún měi
畫到這裏，存美
zǒu yuǎn yī xiē quán miàn de kàn
走遠一些，全面地看
zhe zhè wài qiáng de xīn tú gǎn
着這外牆的新圖，感

jué hái mǎn
覺還滿
yì jiù
意，就
zhǐ yǒu zuì
只有最
gāo chù de nà gè jiǎo luò
高處的那個角落……

nà gè jiǎo luò bǐ tā gāo chū
那個角落比他高出
xǔ duō yī shí kàn qǐ lái hǎo xiàng
許多，一時看起來好像

yǒu diǎn kùn nán
有點困難。

tā kàn kàn sì chù méi yǒu
他看看四處，沒有

rén kě néng dà jiā yī shí jiān dōu bèi
人。可能大家一時間都被

zhè lǐ fā shēng de shì xià zháo le ba
這裏發生的事嚇着了吧。

tā yùn qǐ le xīn lì
他運起了心力。

huà bǐ fēi dào le bàn kōng
畫筆飛到了半空，

zài nà gāo chù
在那高處

de jiǎo luò huà
的角落畫

le qǐ lái
了起來。

chú le rěn zhě yǐ wài shéi
除了忍者以外，誰

dōu bù zhī dào cún měi néng yòng xīn
都不知道存美能用心

lì lái bān dòng dōng xi rěn zhě
力來搬動東西。忍者

shì zhī wū guī bù huì qù gào sù
是隻烏龜，不會去告訴

qí tā rén
其他人。

nà jǐ zhī huà bǐ gēn zhe cún
那幾枝畫筆跟着存

měi de xīn lì
美的心力
wǔ dòng màn
舞動，慢
màn de qiáng
慢地，牆
jiǎo shàng zhǎng chū le xīn zhī yè hái
角上長出了新枝葉，還
yǒu liǎng zhī huān lè de xiǎo niǎo
有兩隻歡樂的小鳥。

cún měi gāng bǎ huà bǐ shōu huí
存美剛把畫筆收回

lái huā jīng lǐ jiù hē wán chá

來，花經理就喝完茶、

chī wán dàn gāo huí lái le

吃完蛋糕回來了。

ɑ tā kàn

「啊……！」她看

jiàn yǎn qián zhè tóng

見眼前這童

huà shī gē yī yàng

話詩歌一樣

de huà miàn zhāng

的畫面，張

dà zhe zuǐ bā yòu shuō bù chū huà

大着嘴巴，又說不出話

lái le

來了。

xǐ bù gān jìng ya

「洗不乾淨呀，」

存美笑笑地對花經理說，「所以我就再加了點顏色。」

「這……太神奇了！」花經理又感動了。

這比以前更像花店

le tā zhǐ yào
了。她只要

zài qīng jié yī
再清潔一

xià mǎ shàng
下，馬上

jiù néng kāi mén zuò shēng yì le qí
就能開門做生意了。其

tā de kě yǐ màn màn zài shōu shí
他的可以慢慢再收拾。

xiàn zài de wài qiáng jiù xiàng
現在的外牆，就像

yī miàn tè dà de huā diàn guǎng gào
一面特大的花店廣告！
yě xǔ huì yǒu gèng duō de kè rén
也許會有更多的客人
ne yuán běn de kùn nán biàn chéng le
呢。原本的困難變成了
hǎo shì
好事。

nǐ zhēn shì gè shén tóng huà
「你真是個神童畫
jiā huā jīng lǐ bù tíng de zài
家。」花經理不停地在

shuō zhēn shì hǎo hái zi
說：「真是好孩子……

tài gǎn xiè nǐ le
太感謝你了！」

「沒甚麼啦……請你別客氣了。」存美有點難為情了。

就在他和花經理說再見的時候，存美發現在外牆的右面好像有個

yǐng zi
影子。

shì rén yǐng ma
是人影嗎？

qí guài gāng cái míng míng méi
奇怪，剛才明明沒

yǒu rén yào shì nà shì gè rén
有人……要是那是個人

yǐng nà tā yòng xīn lì wǔ dòng huà
影，那他用心力舞動畫

bǐ de shì huì bèi nà gè rén kàn
筆的事，會被那個人看

qù le ma
去了嗎？

yī shí jiān cún měi yě méi
一時間，存美也沒

bàn fǎ qù duō xiǎng le
辦法去多想了。

第肆章

lí kāi le huā diàn cún měi
離開了花店，存美

kàn kàn shí jiān kuài dào bǔ xí bān
看看時間。快到補習班

shàng kè de shí jiān le xiàn zài zǒu
上課的時間了。現在走

lù qù de huà yī dìng huì chí dào
路去的話一定會遲到。

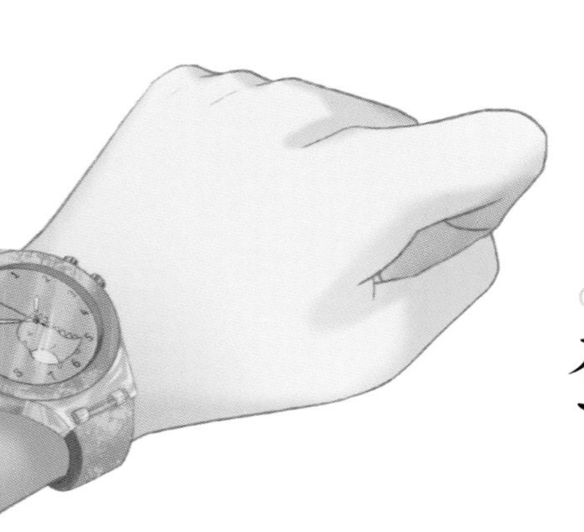

tā kàn jiàn
他看見

dàn gāo diàn nà biān
蛋糕店那邊

停放着治言的速可達。

治言是爸爸的心理醫生的女兒，他也認識。

tā ná chū shǒu jī fā le gè

他拿出手機發了個

duǎn xìn gěi zhì yán

短信給治言。

jiè nǐ de sù kě dá yī

「借你的速可達一

yòng míng zǎo huán nǐ xiān xiè

用，明早還你。先謝

le

了。」

zhì yán mǎ shàng huí le yī gè

治言馬上回了一個

「好」。

存美騎起速可達，飛速地向補習中心去了。

dào le kè shì
到了課室。

hái hǎo zhǐ chí dào le
還好，只遲到了
yī diǎn nà gè yǔ qí bǐ tā
一點。那個雨奇比他
gèng chí
更遲。

dāng tā fàng xué chū le xiào
當他放學出了校
mén tā kàn jiàn běn lái tā tíng zài
門，他看見本來他停在

jiē kǒu de sù kě dá bèi rén bān
街口的速可達被人搬

dào zhōng xīn mén kǒu le tā yī
到中心門口了。他一

shí yě méi duō xiǎng qí zhe jiù huí
時也沒多想，騎着就回

jiā le
家了。

rěn zhě zài jiā lǐ děng zhe
忍者在家裏等着

tā ne
他呢。

dì èr tiān tā yào qù bǎ
第二天，他要去把
sù kě dá huán gěi zhì yán
速可達還給治言。

kě shì a nà lǐ
可是……啊，那裏
tíng zhe de bù jiù shì zhì yán de sù
停着的不就是治言的速
kě dá ma
可達嗎？

nà tā shǒu lǐ de shì
那他手裏的是……

tā dī xià tóu kàn jiù fā
他低下頭看，就發
xiàn nà qí shí bù shì zhì yán de sù
現那其實不是治言的速
kě dá
可達。

tā lián máng xiàng zhì yán fā duǎn

他連忙向治言發短

xìn xiǎng wèn míng bái

信，想問明白。

kě shì zhì yán méi yǒu huí dá

可是治言沒有回答。

yī lián

一連

hǎo jǐ tiān

好幾天，

cún měi fā le

存美發了

jǐ gè duǎn xìn kě shì yī zhí méi
幾個短信，可是一直沒

yǒu zhì yán de yīn xìn
有治言的音信。

tā yuè xiǎng yuè bù míng bái
他越想越不明白。

zhè jiàn shì zhēn yǒu diǎn gǔ
「這件事真有點古

guài tā duì rěn zhě shuō
怪。」他對忍者說。

rěn zhě yī diǎn
「……」忍者一點

shēng yīn dōu méi fā
聲音都沒發。

jiù suàn rěn zhě bù huì shuō

就算忍者不會說

huà kě shì tā zǒng jué de rěn zhě

話，可是他總覺得忍者

néng tīng míng bái tā de huà tā jīng

能聽明白他的話。他經

cháng huì duì rěn zhě shuō huà yǒu rěn

常會對忍者說話，有忍

zhě zài tā shuō bù suàn shì zài zì

者在，他說不算是在自

yán zì yǔ

言自語。

kě shì wǒ ná le bié

「可是，我拿了別

rén de sù kě dá cún měi yòu

人的速可達。」存美又

shuō nà gè rén xiàn zài yī dìng

說，「那個人現在一定

hěn zháo jí ba tā wèi bié rén

很着急吧。」他為別人

dài lái le kùn nán

帶來了困難。

cún měi de xīn lǐ bù ān le

存美的心裏不安了。

第伍章

cún měi jīn tiān qí zhe nà sù

存美今天騎着那速

kě dá qù shàng bǔ xí tā yào xiǎng

可達去上補習。他要想

bàn fǎ zhǎo chū zhēn zhèng de zhǔ rén

辦法找出真正的主人，

jiāng sù kě dá huán gěi tā

將速可達還給他。

tā xià yì shí de jiāng sù kě

他下意識地將速可

dá tíng zài zhōng xīn mén kǒu jiù shì

達停在中心門口，就是

tā shàng cì qí zǒu de tóng yī gè
他上次騎走的同一個
dì fāng
地方。

xià kè shí tā zuì xiān
下課時，他最先
zǒu rán hòu jiù zhàn zài yī jiǎo
走，然後就站在一角，
yào děng sù kě dá de wù zhǔ
要等速可達的物主。

jiē zhe tā jiù kàn jiàn le yòu
接着他就看見了又

tiào yòu xiào de
跳又笑的 Teddy。

tā fàng xià xīn le zhè xià
他放下心了。這下

zi kě yǐ wù huán yuán zhǔ le
子可以物還原主了。

nán dé de shì
難得的是，Teddy
bù dàn yī diǎn dōu bù guài tā hái
不但一點都不怪他，還
huí guò tóu lái xiè tā
回過頭來謝他。

cún měi xīn lǐ xiào xiǎng bù
存美心裏笑想，不
jiù shì tā huà le yī zhī bù qǐ yǎn
就是他畫了一隻不起眼
de xiǎo lù kàn lái shì
的小鹿。Teddy看來是

gè hěn dà fāng
個很大方
yòu méi yǒu xīn
又沒有心
jì de rén
計的人。

yuán lái zhì yán hái yǒu gè
「原來治言還有個
shuāng shēng de gē gē zhǎng de hé
雙生的哥哥，長得和
tā yī yàng cún měi gào sù
她一樣。」存美告訴

rěn zhě
忍者。

rěn zhě chī zhe
「……」忍者吃着

shēng cài hǎo xiàng zài diǎn tóu
生菜，好像在點頭。

存美心想，今天和那麼多人說了那麼多話，是有點累了。可是……

「我喜歡上這都市了。」他接着又對忍者說：「希望這次我們能

zài zhè lǐ zhù jiǔ yī diǎn

在這裏住久一點。」

juàn sān wán

卷三。完

小故事

古缽的來龍去脈

看你往哪跑!!
我追!!
來到地球……

工作完成
準備回家
！？
咦？
這是甚麼？
帶走
想要
別吵我睡覺……

帶回家
給小孫子玩
喂喂，別把我帶走啊！

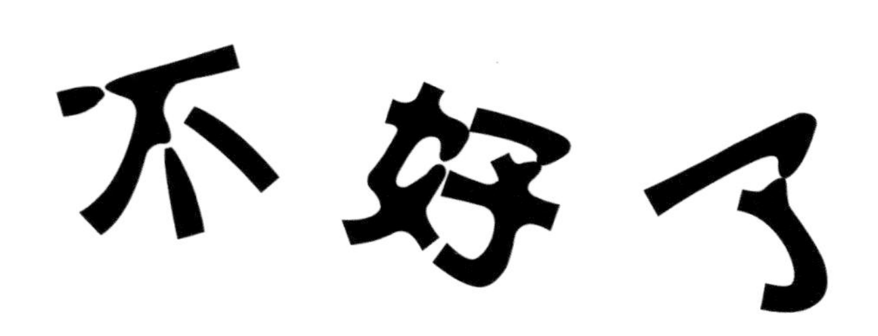
不好了
古缽被帶走了！！

...
Z z z

一些新相識的字

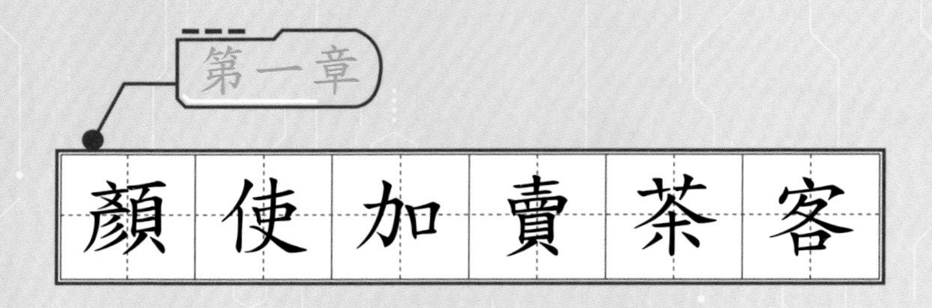

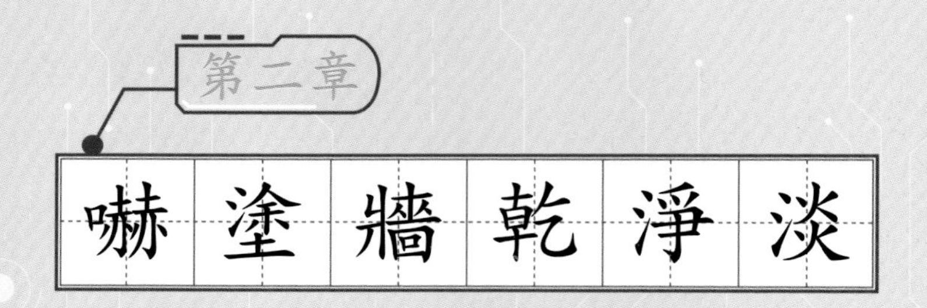

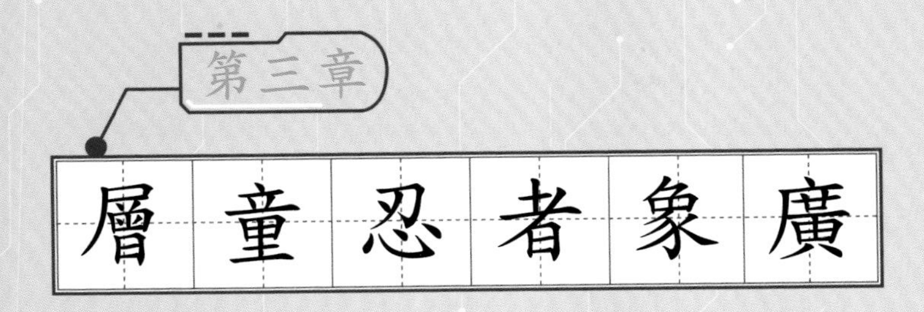
第三章
層童忍者象廣

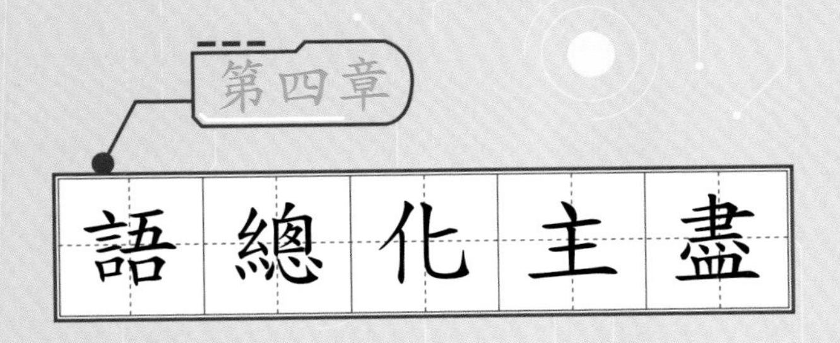
第四章
語總化主盡

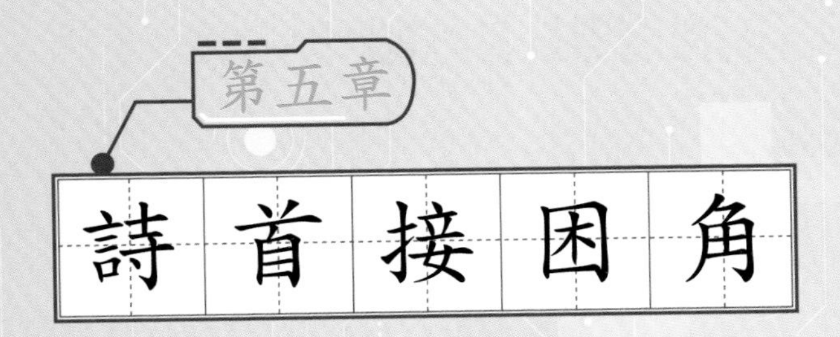
第五章
詩首接困角

Created and written by
劉俐 Lucia L Lau

ISBN: 978-988-8517-83-1

@infinity6ix

2023年2月 第一版
思展圖書：香港荃灣海盛路11號 One Midtown 9 樓15 室

First edition, February 2023
Sagebooks Hongkong: Room 15, 9/F, One Midtown, 11 Hoi Shing Road, Tsuen Wan, Hong Kong.

https://sagebookshk.com